글 **한리라**

성균관대학교 국어국문학과를 졸업하고 예능·교양 방송작가로 활동하고 있습니다. 키즈 콘텐츠 작가를 겸하며 라인 프렌즈의 오디오 동화 〈레너드 요원의 미스터리 보고서〉를 6년 간 연재했습니다. 호기심 넘치는 어린이들을 위한 즐거운 글쓰기 생활을 하고 싶습니다.

그림 **퍼니툰**

항상 유쾌하고 통통 튀는 아이디어로 즐겁게 작업하는 아동 만화팀으로 퀄리티 있는 작업을 기본으로 좋은 책을 만드는 데 최선을 다하고 있습니다. 주요 작품으로는 〈비밀요원 레너드 추억의 놀이 대작전〉, 〈카니쵸니 세계 대탐험〉이 있습니다.

비밀요원 레너드

추억의 놀이 대작전 5

윷놀이

글 한리라 | 그림 퍼니툰

이울북

등장 인물

레너드

사건이 있는 곳이라면
어디든 달려가는 미스터리 탐정.
퀴즈, 퍼즐, 호기심을 자극하는
모든 게임을 좋아한다.

룰라송
레너드 탐정과
찰떡 호흡을 자랑하며
게임과 관련된 사건을
조사한다.

윌리엄
골동품 가게를 운영하는
레너드 탐정의
오랜 단짝 친구.

왈왈단
레너드 탐정을
방해하는 수상한 악당.

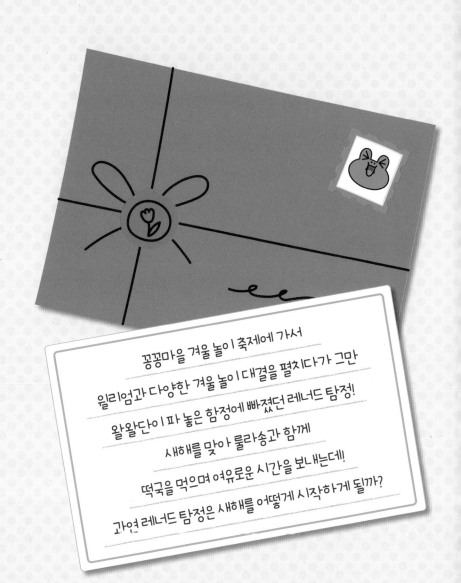

꽁꽁마을 겨울 놀이 축제에 가서

윌리엄과 다양한 겨울 놀이 대결을 펼치다가 그만

왈왈단이 파 놓은 함정에 빠졌던 레너드 탐정!

새해를 맞아 룰라송과 함께

떡국을 먹으며 여유로운 시간을 보내는데!

과연 레너드 탐정은 새해를 어떻게 시작하게 될까?

차례

새해를 맞이한 어느 날, 레너드 탐정의 사무소에 고소한 냄새가 가득했어.

까치 까치 설날은~♪

이렇게 요리를 하면서 새해를 보내니까 정말 재미있는걸. 떡국에 넣을 파를 송송 썰어야지!

추억의 놀이를 이것저것 하다 보니까, 전통문화에 푹 빠진 거 있죠?

한국 새해 음식은 얼마나 맛있을까요?

탁탁!

지글지글

"궁금해? 그렇다면 레너드 탐정이 알려 주지!"

그리스에서는 새해 첫날 아침에 '바실로피타'라는 케이크를 먹어. 촉촉한 케이크 안에는 동전이나 작은 장신구를 숨겨 놓기도 하는데, 케이크를 먹다가 발견한 사람에게는 행운이 온대.

바실로피타

일본에는 '오세치'라는 음식이 있어. 건강을 뜻하는 검은콩, 장수를 뜻하는 새우, 지혜를 의미하는 연근 등 다양한 재료를 달짝지근하게 조려 만들지. 여러 단으로 된 통에 담아 먹는 요리야.

오세치

중국

미국

스페인

그리스

일본

쟈오즈

포도

호핑 존

미국 남부에는 콩과 양파, 베이컨 등을 볶아 밥에 얹어 먹는 '호핑 존'이라는 음식이 있어. 풍요를 기원하는 음식이지!

와, 나라마다 정말 다양한 새해 음식이 있네요!

"아, 그러고 보니…"
룰라송은 갑자기 생각난 듯 말했어.

올 때가 지나긴 했지.
윌리엄이 없으니
조용해서 좋은데?

연말에 영국에 간
윌리엄 씨가 아직도
안 돌아왔네요.

영상통화지?

레너딩디리딩
딩리딩

발신번호 표시제한

R R R

9

레너드 탐정은 조심스럽게 전화를 받았어. 왠지 불길한 마음이 들었지.

누구…시죠?

이 목소리는!

살려 줘, 레너드!

윌리엄?

윌리엄 납치 사건

윌리엄은 어딘지 알 수 없는 어두운 곳에서 밧줄에 꽁꽁 묶여 있었어. 두려움에 덜덜 떨고 있었지.

그때! 세 명의 괴한이 카메라 앞에 모습을 나타냈어.

ㅋㅋㅋ

붙잡혀 있는
친구를 보니
기분이 어떤가,
레너드 탐정?

댕왈왈과 멍왈왈?
그럼 저 가면을 쓴 사람은!

그래, 내가 바로
왈왈단의 대장,
왕왈왈이다! 하하하!

왕왈왈은 무시무시한 두 눈을 번뜩이며 말했어.
"쉽게 풀어 줄 거였으면 애써 잡아 오지도 않았지!"

너희 친구
윌리엄을 구하고 싶다면
정해진 시간까지
찾아와라.

크하학!

제시간에
찾지 못하면
아마 영원히 볼 수
없을 거야! 영원히!

뭐라고?

빠직

영원히?

깜짝!

통화가 끊어지자 레너드 탐정은 초조하게 문자 메시지를 기다릴 수밖에 없었어.

시간과 장소를 맞혀라!

왕왈왈이 보낸 메시지에는 정확한 시간과 장소가 적혀 있지 않았어. 레너드 탐정과 함께 빈칸에 들어갈 말을 맞혀 봐.

● 시간과 장소
오늘 [①] [②]시 [③][④]촌

❶ 낮말은 새가 듣고 [   ]말은
쥐가 듣는다.

❷ [   ] 손가락 깨물어 안 아픈
손가락이 없다.

❸ 닭 잡아먹고 오리 발 내[   ]다.

❹ 열 길 물[   ]은 알아도
한 길 사람 속은 모른다.

오늘... 시... 촌?
이게 도대체
무슨 말이죠?

아래에 있는
속담을 풀어 빈칸을
채우는 문제야.

레너드 탐정과 룰라송은 수첩에 옮겨 적고 차분히 속담을 맞췄어.

속담을 완성하면!

◇ 시간과 장소
오늘 [①] [②]시 [③][④]촌

❶ 낮말은 새가 듣고 [밤]말은 쥐가 듣는다.

❷ [열] 손가락 깨물어 안 아픈 손가락이 없다.

❸ 닭 잡아먹고 오리 발 내[민]다.

❹ 열 길 물[속]은 알아도 한 길 사ᄅ

답은 오늘 (밤) (열)시 (민)(속)촌?

그런데 민속촌이 뭐예요?

전통 가옥과 옛날 생활 모습을 주제로 꾸며 놓은 공간이야.

놀이공원 같은 곳이지. 여기서 꽤 멀 텐데….

20

룰라송은 곧바로 민속촌으로 가는 길을 찾았어.
(레너드 탐정과 함께 민속촌으로 향하는 미로를 찾아 봐!)

둘은 민속촌 풍경에 잠시 한눈을 팔았지만 왜 이곳에 왔는지를 떠올렸어.

이렇게 넓고 사람도 많은 민속촌에서 윌리엄을 어떻게 찾지?

그러게요.

그때 전화가 왔어.

레너링러리링♪

♫딩리딩

왕왈왈!

23

레너드 탐정과 룰라송은 민속촌을 돌아다니며 사진 속 물건을 찾아보기로 했어. 저잣거리에서 타령 소리가 들렸지.

거지 분장을 한 사람들이 춤을 추고 노래를 부르며 구걸하는 시늉을 하고 있었어.

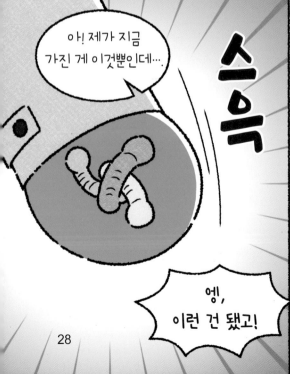

왕 거지가 낸 퀴즈를 맞혀라!

"자고로 예부터 명절마다 먹었던 특별한 음식들이 있었으니! 거지가 배를 곯지 않으려면 반드시 알고 있어야 할 상식! 각 명절에 먹는 음식을 연결해 보라고."

설날 ·

추석 ·

정월 대보름 ·

· 오곡밥

· 떡국

· 송편

명절마다 먹는 특별한 음식?

후훗~

음식이라면 제 전문 분야네요!

"윷을 던져 나오는 모양에 따라 이름도 달라지고, 말을 옮기는 횟수도 달라지지요."

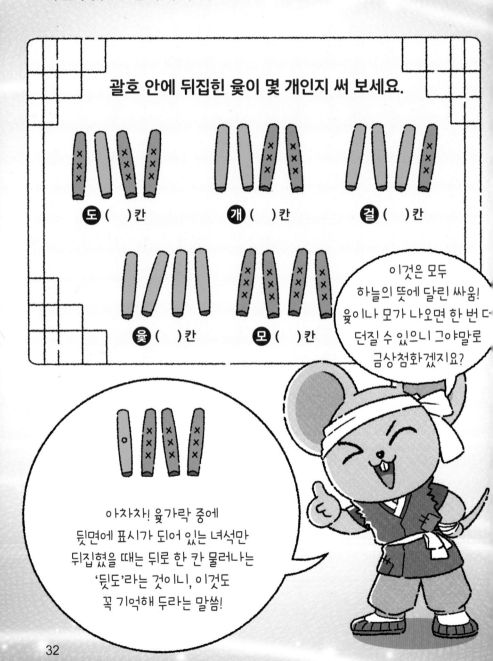

괄호 안에 뒤집힌 윷이 몇 개인지 써 보세요.

도 (   )칸   개 (   )칸   걸 (   )칸

윷 (   )칸   모 (   )칸

이것은 모두 하늘의 뜻에 달린 싸움! 윷이나 모가 나오면 한 번 더 던질 수 있으니 그야말로 금상첨화겠지요?

아차차! 윷가락 중에 뒷면에 표시가 되어 있는 녀석만 뒤집혔을 때는 뒤로 한 칸 물러나는 '뒷도'라는 것이니, 이것도 꼭 기억해 두라는 말씀!

"이렇게 윷가락을 던져 나온 대로 말을 옮겨서 상대편 말을 잡기도 하고, 같은 편 말을 업기도 하니! 재미가 없으려야 없을 수가 없다! 그 말이지요."

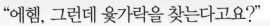

"에헴, 그런데 윷가락을 찾는다고요?"
"네! 꼭 찾아야만 해요."

자, 거지 식구들!
누구 민속촌을 돌아다니다가
윷가락을 본 사람이 있는가?

저요, 저요!

저도 본 것
같습니다요!

번쩍

번쩍

어디서요?

아, 그게….
어디더라?

기억나는 대로
이야기해 주세요!

윷가락이 있는 장소를 추리하라!

레너드 탐정은 민속촌의 안내도를 보며 거지들이 이야기한 장소를 추리해 보기로 했어.

그 앞을 지날 때, '여기가 아프네, 저기가 아프네.' 앓는 소리가 들렸어요.

저는 쓴 냄새를 맡았던 것 같은데…

작은 절구에 무언가를 빻고 있는 사람을 봤어요.

꿍긋

꿍긋

킁킁

긁적

지도에는 떡방, 관아, 서당, 약방, 대장간, 양반집이 보여요.

홋, 내가 보기에 그 장소는 말이지…

35

바로 약방이야!

약을 만들어 파는 곳이요?

맞아! 아파서 약이 필요한 사람들이 가는 곳이지.

절구에 약재를 넣고 빻아서 달이면, 쓸쓸한 냄새가 날 테니 각설이패가 말한 곳은 분명 약방일 거야.

레너드 탐정님 정말 대단해요! 어서 가 봐요.

레너드 탐정과 룰라송은 바로 약방으로 달려갔어.
(약방 곳곳에 숨어 있는 네 개의 윷가락을 찾아 봐!)

담장에
윷가락이 있어요!

"드디어 모두 찾았다!"
윷가락 네 개를 찾고 나자 깜깜한 밤이 되었지.

그런데 왕왈왈은
왜 윷가락을 찾으라고
한 걸까요?

만나면 알겠지.
왈왈단에게서 연락이
올 때가 됐는데.

그런데 아침에 떡국도
다 먹지 못 하고 나왔더니
배가 고파요.

앗, 그러네.
우리 뭘 좀
먹을까?

꼬르륵

윌리엄 구출 작전

어느새 민속촌의 문 닫을 시간이 가까워졌어. 민속촌 곳곳을 가득 채웠던 관람객들이 하나, 둘 집으로 돌아갔지. 레너드 탐정이 관아를 찾았을 땐 아무도 없이 텅 비어 있었어.

龍駒衙門

어둡고 조용해서 좀 으스스하네요. 관아는 지방의 관리들이 나랏일을 돌보던 곳이죠?

휭~

응, 마을을 다스리며 죄인을 잡아 재판도 하고 벌을 주기도 했던 곳이야.

"윌리엄 씨는 도대체 어디에 있다는 걸까요?"

"빨리 윌리엄을 찾아보자!"

둘은 소리 높여 윌리엄의 이름을 불렀어.

윌리엄!

끄응

윌리엄 씨!

지금 무슨 소리가
들린 것 같아요.

쫑긋

으으으….

죄인을 가두는 옥사에서 끙끙거리는 소리가 났어. 서둘러 옥사 안에 들어가니, 목에 칼*을 쓴 채 꼼짝없이 잡혀 있는 윌리엄이 보였지.

* 칼: 죄인에게 씌우던 형틀. 긴 널빤지의 끝에 구멍을 뚫어 죄인의 목을 끼움.

윌리엄!

으어어어어...

윌리엄 씨 괜찮아요?

레너드 탐정은 옥사의 문을 열기 위해 힘껏 흔들었어. 문에는 커다란 자물쇠가 걸려 있어서 꿈쩍도 하지 않았지.

룰라송이 발견한 보관함 뚜껑을 열자 수십 개의 열쇠 꾸러미가 보였지.

열쇠가 1번부터 50번까지 있어.

하나씩 맞춰 보다간 시간이…. 어쩌죠?

이건 뭐지?

스윽

윷가락으로 숫자를 만들어라!

레너드 탐정이 발견한 종이는 왕왈왈이 남긴 쪽지였어. 쪽지에는 왕왈왈이 적어 놓은 문제가 적혀있었지. 윌리엄이 갇힌 옥사를 열 수 있는 열쇠를 찾을 수 있을까?

> 너희가 찾아온 윷가락
> 네 개를 모두 사용해
> 한글 숫자를 만들어라.
> 그 숫자들을 조합하면
> 열쇠를 찾을 수 있을 것이다.
>
> 왕왈왈

한글로 된 숫자라면 일, 이, 삼, 사, 오를 말하는 거죠?

응, 윷가락 네 개를 모두 사용하라고 했으니, 네 개의 획으로 된 한글 숫자를 찾으면 될 거야!

"이응과 미음이 있는 글자는 안 되고…."
레너드 탐정은 침착하게 한글 숫자를 떠올렸어.

레너드 탐정과 룰라송은 윌리엄을 부축했어. 옥사 밖으로 빠져나가려고 했지. 그때 왈왈단이 레너드 일행의 앞을 가로막았어!

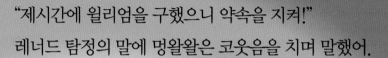

"제시간에 윌리엄을 구했으니 약속을 지켜!"
레너드 탐정의 말에 멍왈왈은 코웃음을 치며 말했어.

왕왈왈의 말이 끝나기가 무섭게 어둠 속에 있던 무시무시한 로봇 자동차가 모습을 드러냈어.

레너드 일행은 왈왈단에게 꼼짝없이 붙잡히고 말았어.
(위기에 처한 레너드 탐정과 친구들 사이에서 숨은 그림을 찾아 봐!)

숨은 그림 팽이, 딱지, 무궁화, 우산, 가방, 카메라, 갓, 방패연

레너드 탐정의 절규에 왕왈왈이 버럭 화를 내며 말했어.
"정말 이유를 모른다고? 그럼 하나하나 설명해 주지!"

네 녀석이 푼 고대 보물 지도,
크립텍스를 기억하겠지?
내가 그 암호를 풀기 위해
몇 년을 고생했는지 알아?

그런데
어느 날 나타난
레너드 탐정,

네가 하루아침에
풀어 버렸지.

참나, 그 크립텍스가 언래부터 왈왈단의 보물인 것처럼 말하네요?

레너드가 미스터리 해결은 물론 게임을 잘하는 것도 모두 사실인걸.

빠직

추억의 놀이도 잘하던데….

모두 조용히 하지 못해!

소곤

소곤

맞아

버럭

모 아니면 도! 윷을 던져라!

레너드 탐정과 친구들은 왈왈단과 두근두근 윷놀이 대결을 시작했어. 레너드 탐정도 게임이라면 누구보다 지기 싫어했지.

"특별히 너희에게 윷을 먼저 던지는 기회를 주도록 하지!"

왕왈왈은 생색을 내며 말했어. 레너드 탐정은 신중하게 윷을 던졌지.

"이제 시작이니까 얼마든지 따라잡을 수 있어! 룰라송, 마음 편히 던져 봐."

레너드 탐정은 룰라송을 응원하며 말했어.

레너드 탐정팀과 왈왈단은 엎치락뒤치락하며 윷놀이를 이어 갔어.

"재밌는 게임을 위해 특별히 만든 규칙이지. 가운데 칸 말이야, 거기에 말이 들어가면 뽑기 퀴즈를 풀어야 한다고. 퀴즈를 푸는 동안 너희는 잠시 쉬는 거지."

윷놀이를 잠시 쉬어 가세요!
문제를 푸는 동안
상대 팀 참가자들만
윷가락을 던집니다.^^

찌익~

우리를 불리하게 만들려고
일부러 말하지 않은 거로군!

그럴 리가! 내가 원래
깜빡깜빡하는 편이거든.

거짓말!

퀴즈에 워낙 천부적인 재능을 가진 레너드 탐정이니,
그렇게 어렵지 않을 거야.

뽑기 퀴즈를 풀어라!

레너드 탐정은 어쩔 수 없이 뽑기 상자에서 종이를 하나 뽑았어. 레너드 탐정과 함께 퀴즈를 풀어 봐!

레너드 탐정이 퀴즈를 푸는 사이, 왈왈단의 남은 말은 모두
말판을 돌아 출발점 직전까지 가 있었어.

언제 이렇게
빨리 왔지?

두 둥!

심지어 말 세 개를
모두 업었어요.

이러다 왈왈단의
세 개의 말이 한 번에
들어가겠어요!

말을 모두 업는 건
빠르게 움직일 수 있지만,
자칫 잘못하면 상대에게 잡혀서
업은 말이 모두 다시 출발점으로
돌아가게 될 수도 있어.

"어서 저 말들을 잡아야 해요!"
룰라송은 간절한 마음을 담아 윷가락을 던졌지.

제발…,

달그락

으앙,
겨우 도라니….

아무짝에도
쓸모 없는 도라니,
킥킥킥.

쓸모 없는 도?

"ㅎㅎㅎ, 진짜 운이 뭔지 내가 보여 주마."
댕왈왈은 룰라송을 비웃으며 힘차게 윷가락을 던졌어.

훽!

덜그럭

이런! 아깝군, 걸이 나왔으면 끝인데 개가 나왔어.

그래도 뭐 우린 기회가 아주 많으니까.

으아, 정말 얄미워!

다음은 윌리엄의 차례였어. 윌리엄은 너무 긴장한 나머지 손이 떨려서 윷가락을 던질 수가 없었지.

"도저히 못 던지겠어. 곧 저 레이저 총에 구워지게 될 텐데 윷놀이라니!"

걱정하지 마, 윌리엄. 내가 대신 던질게.

여기서 그것만 나와 준다면!

이얏!

휘!

한밤의 추격전

결국 왈왈단의 세 말은 레너드 탐정에게 잡혀 처음부터 시작해야 했어. 그 후 레너드 탐정팀의 윷가락은 좋은 수가 연달아 나왔지.

"어서 왈왈카에 타시죠, 대장님!"

왈왈단은 황급히 왈왈카에 올라탔어.

쏘옥

브르르

드드득

뭐야! 무슨 일이야?

엥? 이게 왜 이러지!

"네! 알겠습니다."
댕왈왈과 멍왈왈은 관아 마당에 무언가를 던졌어.

 **지뢰밭을 빠져나가라!**

왈왈단이 떠나자 지뢰 그물에는 발자국 무늬와 알 수 없는
화살표가 나타났어. 레너드 탐정과 함께 지뢰를 피해 빠져나
가는 길을 찾아 봐!

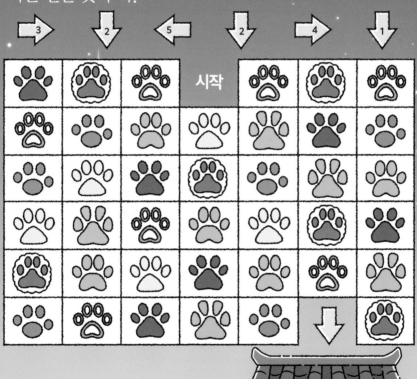

레너드 탐정은 조심스럽게
지뢰 그물을 밟았지.

룰라송도 뒤를 따라갔어.

꾹!

룰라송이 지뢰 그물 작동을 멈추도록 버튼을 눌렀지.

휴, 모두
무사히 빠져나와서
다행이야.

하지만
그사이에 왈왈단은 멀리
도망가 버렸는걸!

후아

"걱정하지 마세요."
룰라송이 자신 있게 말했어.

룰라송,
작전명 선물 배달!
준비됐지?

네!

와!

위이이잉~

특별한 무기를
준비했으니, 이번엔
절대 놓치지 않을
거예요!

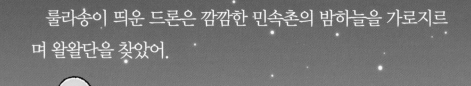

룰라송이 띄운 드론은 깜깜한 민속촌의 밤하늘을 가로지르며 왈왈단을 찾았어.

드론에 매달려 있던 상자가 활짝 열렸어. 왈왈단도 하늘에서 비행하는 드론을 발견했지. 그때!

레너드 탐정과 룰라송이 준비한 비장의 무기는 완벽히 성공
했어. 왈왈단은 하늘에서 떨어진 간식과 장난감에 푹 빠졌어.

왈왈단이 정신을 팔고 있는 사이, 레너드 탐정은 살금살금 다가갔어. 드디어 악명 높은 악당 왈왈단을 붙잡기 직전이었지.

레너드 탐정의 활약으로 왈왈단은 경찰에 체포되었어. 민속촌 옥사가 아니라 진짜 감옥에 갔지. 평화로운 나날이 이어졌어. 그러던 어느 날!

신문에 실린 사진 속에서 이상한 점을 찾아 봐!

NEWS

악당 왈왈단 탈옥하다!

왕왈왈, 댕왈왈, 멍왈왈 삼인조 악당이 무시무시하고
악명 높은 감옥에서 탈출했다. 도망친 감방을 살펴보니
벽에 개구멍을 뚫어 도망쳐….

멍왈왈

왕왈왈

댕왈왈

정답

21쪽
민속촌 가는 미로를 찾아 봐!

32쪽
뒤집힌 윷의 개수를 써 봐!

37쪽
숨어 있는 윷가락을 찾아라!

51쪽
숨은 그림을 찾아라!

77쪽
지뢰밭을 빠져나가라!

85쪽
이상한 점을 찾아라!

왕왈왈 얼굴이 다르다!

레너드 탐정에게 남긴 메시지가 있다.
(두고 보자 레너드 탐정)

레너드 탐정과 함께 윷놀이를 즐겨 봐!

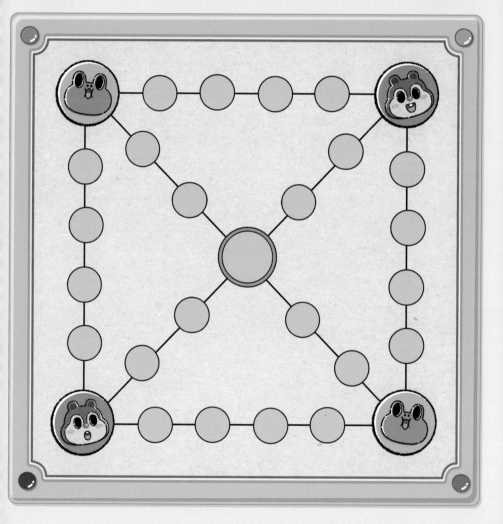

다양한 SNS 채널에서
아울북과 을파소의 더 많은 이야기를 만나세요.

인스타그램
@owlbook21

페이스북
@owlbook21

네이버카페
owlbook21

네이버포스트
아울북 and 을파소

글 한리라 **그림** 퍼니툰
초판 1쇄 인쇄 2025년 2월 3일
초판 1쇄 발행 2025년 2월 20일

펴낸이 김영곤
프로젝트2팀 김은영 김지수 권정화 이은영 오지애 우경진 최윤아 **책임 편집** 김지수
디자인팀 박지영 임민지 **편집팀** 김지혜
아동마케팅팀 명인수 양슬기 손용우 이주은 최유성
영업팀 변유경 한충희 장철용 강경남 황성진 김도연
제작팀 이영민 권경민
IPX 강병목 임승민 김태희

펴낸곳 (주)북이십일 아울북 **출판등록** 2000년 5월 6일 제406-2003-061호
주소 (우 10881) 경기도 파주시 문발동 회동길 201
연락처 031-955-2100(대표) 031-955-2401(내용문의) 031-955-2177(팩스) **홈페이지** www.book21.com
ISBN 979-11-7357-063-6 (74810)

Licensed by IPX CORPORATION

KC
• 제조자명: (주)북이십일
• 주소 및 전화번호: 경기도 파주시 회동길 201(문발동)
  031-955-2100
• 제조연월: 2025년 2월 20일
• 제조국명: 대한민국
• 사용연령: 3세 이상 어린이 제품

함께 읽으면 좋아요!

신간

비밀요원 레너드

스릴 만점! 예측 불허!
레너드 요원의
미스터리 대모험!

비밀요원 레너드
과학X파일

미스터리 사건을
추리하며 배우는
재미있는 과학 원리!

비밀요원 레너드
우리말 사무소

초등 필수 어휘 수록!
배꼽 잡고 웃다 보면
문해력이 쑥쑥!

★ 교보문고, 예스24, 알라딘 등 온라인 서점 및 전국 오프라인 서점에서 만나실 수 있습니다 ★